古酒浅酌

左廷伟 著

敦煌文艺出版社

图书在版编目（CIP）数据

古酒浅酌 / 左廷伟著. -- 兰州 ：敦煌文艺出版社，
2019.5（2022.1重印）
ISBN 978-7-5468-1738-5

Ⅰ．①古… Ⅱ．①左… Ⅲ．①诗集－中国－当代
Ⅳ．①I227

中国版本图书馆CIP数据核字（2019）第087944号

古酒浅酌

左廷伟　著

责任编辑：张　桐
封面设计：李　恒

敦煌文艺出版社出版、发行
地址：（730030）兰州市城关区读者大道568号
邮箱：dunhuangwenyi1958@163.com
0931-8773084（编辑部）
0931-8773112　8120135（发行部）

天津海德伟业印刷有限公司印刷
开本 880 毫米×1230 毫米　1/32　印张 6　插页1　字数 146 千
2019 年 5 月第 1 版　2022 年 1 月第 2 次印刷
印数：1 001～3 000

ISBN 978-7-5468-1738-5
定价：38.00 元

目录

自　序

年过五旬心已静，看惯繁华身入定。
遮眼浮云一手抹，闹心人事两不问。
掩卷常念蹉跎日，提笔臆想弄诗文。
韵律粗通未得道，不求功名抒性情。

四季沐歌

闻　春

窗外异响惊梦醒，屋檐频传滴水声。
屏气静心身不倦，披衣卷帘眼惺忪。
清风拂面雨有意，湿气沾衣雪无痕。
田间小草刚探头，枝上布谷已催春。

立　春

立春之日天变暖，残雪未尽不觉寒。
常说节气不饶人，梦中依稀花烂漫。
四季轮回寻常事，半生辛劳已漠然。
忽闻枝头喜鹊噪，顿觉鹤发代童颜。

悟　春

微雨飘过雪又至，
惊蛰总以寒冷始。
伫立田头望新绿，
回身不觉暮已迟。

春　归

初三风紧云低沉，
天边隐约爆竹声。
庭前玉兰露新蕾，
人间祥瑞又一春。

春 寒

一夜朔风狂肆虐，
三春鲜花瞬时败。
天公不遂人间愿，
丽景遁迹凄美在。

春 闲

布谷催春晓，
桃花闲池落。
有孙心常泰，
无求品自高。

乡间春韵

徜徉雨趣未觉淋，
鸟鸣伴奏花开声。
新绿染透乡下土，
春红羡煞城里人。

门前春色

千树添新装，晴空舞霓裳。
晓风拂玉兰，微雨润海棠。
心静听鸟鸣，神闲闻花香。
倚门醉春色，物我两相忘。

春到农家

鲜花齐争艳，
幽香满庭院。
驻足任神游，
不觉已成仙。

叹　春

云低风和畅，微雨浸脸庞。
新绿正迷眼，落红已成殇。
忍看春将去，平添几怅惘。
莫笑我多情，谁人不怜香？

雨落暮春

云浓雨未歇，
风缓树摇曳。
伞底观春色，
枝头翠欲滴。

清明抒怀（两首）

（一）

清明节前倍思亲，最忆父母养育恩。
坟头满目草泛绿，心底一片雨迷蒙。
人活一世驹过隙，常念孝悌不忘本。
言传身教承美德，永崇羔羊跪乳情。

（二）

清明雨涟涟，晨雾锁田园。
百草匿形迹，春花改容颜。
心中追远思，坟头飘纸钱。
生死情未了，人间两千年。

初夏的早晨

浮香独清幽，
新苞沐朝露。
乡下日益高，
陌上绿最厚。

塬上夏色

麦穗无语频探头，
油菜有度轻俯身。
新绿搭建林荫道，
绯红装点黄土岭。

雨中花

细雨湿月季，
不逊梨花泪。
两处别样景，
一种凄婉美。

立 夏

枝头青杏掩叶中，
田里麦苗没膝深。
独赏窗外几株花，
难留人间一季春。

夏夜幽梦

飞蛾扑捉灯影，
藤蔓爬上廊亭。
倚着长凳看书，
装个有闲文人。

立 秋

夏尾晨风凉，
枝头鸣蝉忙。
屋后秋声近，
阶前落叶黄。

过节杂感

中秋逢双节，风静云未开。
负了喜庆气，引得郁闷来。
莫非天已老，罔顾我情怀。
漫步农舍前，静心听天籁。

中秋望秋

雨过天放晴，秋意别样浓。
云下接翠微，垄上起氤氲。
四季恍惚间，一梦恋春晨。
硕果伴黄叶，莫道谁忘情。

晚秋叶韵

秋深云淡风更急，
霜叶却比春花美。
一季绚烂映夕照，
何患冬来殊途归。

深秋雨夜

雨打梧桐声声凄，
风卷落叶片片急。
秋深方觉布衾薄，
夜冷先入寒门里。

北方寒露

寒露刚过天更寒，
枯叶纷纷雨涟涟。
四季更替寻常事，
五更秋声最凄然。

场圃赏秋

秋来菊花黄，
风过闲云祥。
人老常知趣，
心静自然凉。

秋日随想

半生奔波一个忙，闲来方觉日亦长。
城乡穿梭两不误，春秋更替几相望。
回看垄上麦苗青，静观树下豆叶黄。
人生如斯叶归根，莫教繁华蔽薄凉。

深　秋

梦里三更落雨声，
心头一叶飘零中。
悟透人间寻常事，
何患秋风携世尘。

恋　秋

秋高气爽天，
假满不忍还。
翘望退休日，
常住我田园。

醉　秋

鸟鸣啾啾掀窗帘，梦醒未觉寒露寒。
农家昨夜西风静，院落竟无一尘染。
墙外红柿挂枝头，庭前黄叶愈娇艳。
满目秋光难暇接，我心更比闲云闲。

又见八月雪

晨起卷帘窗下看，
白雪落满草坪间。
寒露两天风和雨，
家乡一夜入胡天。

霜　降

正午沐暖阳，
黄昏逢霜降。
枫叶作落红，
蒹葭已苍苍。

立冬前夜

星稀月如盘，
秋深风似箭。
踮脚夜尽处，
冬日已露脸。

小 雪 (两首)

(一)

雪落脸颊有却无，
风过莹星微悬浮。
老眼望尽冬深处，
炉火舐舐一酒壶。

(二)

台历提醒今小雪，
晨雾退去风暂歇。
老天亦生恻隐心，
民工御寒帽檐遮。

下雪了

入夜风渐停，湿气扑窗棂。
推门极目望，路上少行人。
脚下白茫茫，四野雾濛濛。
院落满诗意，雪打灯笼红。

大　雪

大雪来临雪还迟，
冬至未到冬已至。
风过晴空鸟惊寒，
春归柳梢人先知。

故土恋情

腊八（三首）

（一）

腊八天大寒，残雪布满塬。
清早推门望，路上人迹罕。
闻声即回首，孙子嬉开颜。
手中燃花炮，心里已过年。

（二）

老家午后雪纷扬，斗室炉火更亮堂。
砂壶煮酒酒味浓，铁锅炖鸡鸡肉香。
茶几水果盛满盘，餐桌菜肴热与凉。
只要心头有年味，何必除夕才匆忙。

（三）

夜色渐浓风亦紧，天地黑白两分明。

原野一片皑皑雪，农舍几盏星星灯。

屋内暖暖祥和气，途中匆匆夜归人。

老少都念那碗粥，世间唯有乡愁浓。

冬至回家

午后白云飘，日照彩虹桥。

大道身后去，公园眼前过。

城里多繁华，乡下少热闹。

冬至北风紧，窗外正萧条。

小 寒

周六遇小寒，
陋室有大暖。
乡下逢集日，
火热二九天。

元 旦

昼夜交替谁把盏，晚霞晨曦寿已添。
道了珍重表愿景，祝过吉祥心自安。
迎来送往寻常事，辞旧迎新不老天。
人生多有惆怅时，顾影而怜在年关。

元月三日

元旦一日闲，腊八三九寒。
炉中炭火旺，壶里黄酒喧。
兄弟拉家常，邻里谝闲传。
未见瑞雪至，干冬待湿年。

腊月二十

年关思已近，
日子想来远。
三餐有荤素，
一生都平淡。

小 年

夜色笼罩灯耀眼，
不觉腊月二十三。
井水白面蒸成馍，
火炉热炕过小年。

年 味

鸡猪牛羊肉满盆，清汤香菜糖油饼。
厨房早晚热气腾，年味淹没掌勺人。
围个火炉举酒盅，听折秦腔享美景。
手中书卷长明灯，心底澄澈望早春。

年关抒怀（五首）

（一）

城里人过年，桌前两顿饭。

邻居不串门，长幼少寒暄。

痴迷玩手机，罔顾有春晚。

街上灯火近，心头年味远。

（二）

忙前忙后大半天，买得花炮数十件。

汽车满载回老家，太阳还没落下山。

日子辛劳又蹉跎，指望过个热闹年。

人生全然如花炮，曲终谢幕一缕烟。

（三）

火树亮长街，光电耀寂夜。
遗梦五十秋，乡愁千百结。
老家红灯笼，儿时冬腊月。
年味科技造，记忆终成缺。

（四）

终日忙忙忙，常年惶惶惶。
一碗腊八粥，几多新惆怅。
岁月催寒暑，明镜鬓染霜。
身老无建树，仰天空思量。

（五）

杜鹃花开三九靓，
锡壶酒沸腊八香。
故园梦萦忆年味，
最是儿时情悠长。

太平年

天际爆竹响，小院酒味香。
时间去哪了？都在饭桌旁。
杯子比碗大，菜品翻花样。
乐享太平年，生活有绝唱。

闲在年关

乡下少飞雪，农家入腊月。
冬阳催人眠，嬉童惊罗雀。
村口犬声起，屋顶炊烟曳。
天际一抹红，耳畔寒风冽。

腊月集日

年关集日最丰满，路旁遍布杂货摊。
口中叫卖不绝耳，手心攥着钞票卷。
远近到处人头动，称肉买菜闲逛眼。
莫问兜里钱多少，剃个光头再过年。

提早过年

炉膛火苗旺，壶口黄酒香。
两个羊肉包，一碗百合汤。
邻里来串门，兄弟拉家常。
喜鹊鸣雪枝，农家呈吉祥。

年到了

旧历年底像年底，老少回家脚步急。
刚见门前红灯笼，又闻院里喧声起。
小孩争相燃爆竹，大人忙着备夜炊。
吃肉喝酒玩麻将，匆忙劳碌又喜气。

过春节（七首）

（一）

除夕万家大团圆，备好酒席待群贤。
邻舍本家三十人，围着饭桌喜开颜。
吹牛①拍砖②骰子转，五魁高升忙猜拳。
人生也就这回事，神仙有时也下凡。

【注释】①②吹牛、拍砖，均为宴席上助酒的游戏，在陇东地区常见。

（二）

天色渐晚人未静，但见万家灯火明。
情满年尾不眠夜，耳畔全是爆竹声。
磕头作揖送祝福，思亲怀古追远风。
最怕无头可磕时，红包难慰孤独心。

（三）

正月初一是春节，碧空如洗祥门开。
庭前玉兰发嫩枝，路边翠竹换新叶。
烧酒沏茶摆桌凳，蒸碗菜碟配凉热。
本家族人互吃请，喜庆之声落满阶。

（四）

家家都一样，
初二待客忙。
三杯酒下肚，
出郭相扶将。

（五）

门前灯笼红，春早催人勤。
庭院沐阳光，屋内不染尘。
推杯换盏间，始觉霜染鬓。
万事皆缥缈，友情最珍重。

（六）

初五天未晴，瑞雪迎宾朋。
除夕渐远去，年味愈发浓。
桌上家常饭，心底真笑容。
半生无建树，做个热闹人。

(七)

城外偶传爆竹声，市内亮闪霓虹灯。
人来车往各如昨，街头巷尾都是景。
故友互问过年好，神情悠然步履匆。
惜别正月初六夜，假满无奈兴未尽。

正月十五

白雪映红灯，
元宵又一春。
月半逢月圆，
天地共生情。

还在过年

盆里盛满水煮鱼，杯中黄酒溢香气。
猪血糠糠^①惹人馋，腌制辣椒最提味。
油饼细嚼一口酥，米汤慢咽能养胃。
元宵刚过节似远，年无后记只有序。

【注释】①糠糠，陇东地区农村一种用猪血和面做成的小吃。

暮春周末

周末拖惫躯，悠闲有几许？
梦里传异响，窗棂飘细雨。
侧耳辨究竟，起身看新绿。
难舍一热炕，乱吟诗两句。

咏芍药

四月芳菲尽，
芍药正吐馨。
绽放姿绰约，
含苞韵媚人。

夏

小院好凉，心头甘爽。
走出门庭，满目金黄。
草帽短袖，打碾晒场。
布谷声声，老少皆忙。

杏 子

韵姿墙外显，园中春色餐。

褒贬一时兴，毁誉两参半。

常言人间情，莫叹何以堪。

古今多少事，全在伯仲间。

暑期闲居老家

风爽天高云淡，

气清神闲花艳。

管他尘世喧嚣，

唯我农家小院。

仲夏去同学老家

天蓝水更清，
草翠花惹人。
林荫房前绕，
厅堂不染尘。

夏日田间

和风过孟夏，
芳菲入农家。
俯首摘草莓，
静心赏兰花。

快乐劳动节

假已过三天，只觉一瞬间。
城里回乡下，早晨到傍晚。
摸黑浇完水，点灯把土掩。
春写秋色赋，意境更深远。

故园中秋

中秋未过雨涟涟，夜半始觉布衾寒。
闻鸡起身还乡野，放眼老家金黄天。
玉米椽上抱团卧，豆子叶荚更无间。
闲云舒卷心神往，霜叶抚首念故园。

柿　子

百卉凋零天，风霜浸更坚。
靓于深秋里，甜在飞雪间。
傲然挂枝头，浑身一冷艳。
远眺是柑橘，丽景赛岭南。

摘葡萄

雨后薄雾绕，秋蝉声未了。
涉足葡萄园，满眼是玛瑙。
一颗含口内，如蜜置心窝。
酿作坛中酒，醉仙更逍遥。

秋 收

秋高天气凉，农家收获忙。

洋芋露了脸，辣椒红绿爽。

萝卜探出头，韭菜嫩苗长。

树下苦苦菜，一副另类相。

谷子弯了腰，豆类叶已黄。

进了葡萄园，酸甜自品尝。

何物挂枝条？苹果袋中藏。

都说农民苦，静心来掂量。

解甲归田去，乐趣任你享。

心中无事非，人间好时光！

仲秋早晨

雨过日出目清丽，
黄绿相衬映晨曦。
百花料知霜将至，
扮得秋光更明媚。

秋种秋收

两只喜鹊鸣树梢，
一怔发觉日已高。
收工纳凉屋檐下，
喝茶看天吃水果。

秋 意

日照田野紫气氲，麦苗恰似灯芯绒。
垄上新绿挂露珠，枝下秋叶已飘零。
西风传送清凉气，东篱鲜果却玲珑。
静享乡村一分闲，管他城市套路深。

摘柿子

周末恰逢双十一，不为网购却早起。
约上同事回老家，柿子树旁架天梯。
高低上下忙接应，秋果收在初冬里。
田野渐露萧条相，故园梦萦寻地气。

雪　趣

冰凌挂屋檐，雪后一景观。
凝神相注视，恍然回当年。
扳下含口中，清冽到心田。
半生甘与苦，三九尽开颜。

老家偶感

重拾旧梦住乡间，不图新意唯夙愿。
眼前银装广无边，雪后暖阳最舒坦。
浓茶稠酒老旱烟，鸡鸣犬吠小洞天。
热炕火炉乡巴佬，布衣素餐活神仙。

农家之夜

窗前路灯影，
屋后犬吠声。
冬夜恋热炕，
星晨闻鸡鸣。

扫　雪

一夜雪未停，
满眼透晶莹。
冬深无寒意，
忙了早起人。

冬日午后

霜后枯叶黄，
风前尘土扬。
独立乡野间，
日暮最苍凉。

冬日老家

乡下初冬霜万里，
半是萧条半生机。
品嚼小蒜和荠菜，
无尽乡愁心底起。

吃冰凌

雪霁天未暖，冰凌挂屋檐。
趣味少年事，已然在目前。
信手摘一截，忙用舌尖舔。
儿童颇惊疑，都笑老头癫。

雪　后

一片皑皑雪，两行印蹄记。
迎面清冽风，过眼甘爽气。
炉边老人围，门外小孩嬉。
冬日味醇正，满目是惬意。

雪后回老家

雪后初霁回老家，身在咫尺心天涯。
四野澄澈目空灵，绿白相映瑞气发。
苍松无畏傲劲风，翠竹有节沐落霞。
秋去冬来寻常事，万物千年一昙花。

活在城乡

走出田园风光，进城已到后晌。
空中大雨瓢泼，地上一片汪洋。
辛劳穿梭半生，养家糊口真忙。
不畏电闪雷鸣，只想活个人样。

自给自足

中午老家一趟，
见识秋后骄阳。
地头随意溜达，
脸上汗水两行。

收　获

辣椒豆角番茄，
袋中玉米棒棒。
后备厢里塞满，
进城微信分享。

乡下偶记

田园阵雨后，
惬意漫心头。
瓜菜遍三夏，
谁念一叶秋。

看　果

午后风起雨燕回，小径信步眼迷离。
杏子青涩李子白，油桃红润蜜桃肥。
阔叶缝中露柿子，纤柔枝头挂酥梨。
手植果树三四亩，远离喧嚣我神怡。

乡　韵

碧空如洗，闲云隐匿。

炊烟袅袅，鸡鸣狗吠。

燕子呢喃，唤醒百卉。

席地纳凉，顿生禅意。

休闲老家

周末忙着出城，只为放松心情。

打扫两间房屋，沾染一身浮尘。

洗漱更衣吃饭，灯亮几净窗明。

最美休闲去处，只差邀你光临。

村 居

端个板凳看书，耳畔鸟鸣啾啾。
风动携来清气，雨歇唤醒日出。
碧绿覆盖原野，落红渲染泥土。
掩卷起身四顾，身影惊落露珠。

腌菜（两首）

（一）

农家院落静，屋顶炊烟轻。
火苗舔锅底，香味扑鼻中。
调料锅里熬，菜品坛内盛。
精心来配置，忙了腌菜人。

（二）

酱油花椒糖，料汁须晾凉。
食盐拌青椒，大蒜和生姜。
调味求对当，配色看内行。
咸菜上饭桌，鱼肉自相让。

看童年

偶遇几张老照片，
惹得两眼泪潸然。
今日已非昔时苦，
昔时快乐今已远。

老 家

离乡进城变浮萍，难舍老家泥土情。
门前胡同轮廓旧，屋后田埂模样新。
地坑院边草木翠，平顶房上砖瓦红。
都说老去旧游稀，谁愿做个无根人？

清淡人生

扯莲和泡椒，糖蒜酱萝卜。
麻花酥又脆，米汤香气飘。
苗条成新潮，肥胖添烦恼。
晚餐远佳肴，身上病痛少。

远去的农村

路边野草旺，沟畔羊群壮。
麻雀醒晨风，乌鸦逐夕阳。
亲戚互周济，邻居串门忙。
田间勤劳作，人困心舒畅。

消失的农民

世代刨黄土，命根系垄亩。
两只小毛驴，一头老犍牛。
吃饭全靠天，劳作就凭手。
柴禾烧热炕，米酒论春秋。

变味的农业

种地难赚钱，罔顾食为天。
农时常被违，耕耘亦有耽。
化肥伴农药，机械一溜烟。
田园多杂草，稻谷香已远。

清冷的农家

院落空荡荡，房屋更宽敞。
老弱形影吊，务工靠青壮。
鸡鸣无应声，犬吠有异响。
端碗思儿孙，倚门徒张望。

无　题

菜园小径覆草痕，
蒹葭低处两坟茔。
头上那顶麦秆帽，
曾遮多少旧温存。

随心所欲

周末有闲在家，心头无牵无挂。
早晨穿个短袖，忙着拉水浇花。
草绿花艳蝶舞，神定气爽情雅。
过往行人看我，谁知我在想啥？

田间乐

雨过回故园，心情真悠然。
碧桃飘饴醇，油菜散香甜。
牡丹已含苞，樱花正娇艳。
锄落鸟鸣起，云下一神仙。

清平乐·周末乡居

微风细雨，湿透一层绿。月季芍药如浴毕，绽放含苞成趣。
静心伏案书房，神思汇在文章。屋檐叮咚滴水，饭熟妻子敲窗。

西江月·秋到老家

红瓦玉栏石柱，蓝天绿树白云。蝉声叫醒午休人，尽享清风日影。

玉米谷子黄豆，辣椒菠菜西芹。与君场圃偶相逢，你我斟酌对饮。

清平乐·乡间味道

偶惊晨鸟，乡下早拂晓。屋后庭前绿树绕，园中春光娇好。

无须召唤清风，蜂蝶一片嘤嗡。任我心驰神往，高薪难比高兴。

清平乐·农家乐

霞光满院，海棠芍药艳。红瓦白墙争耀眼，屋舍宽敞可见。
田间草帽随风，放眼几朵白云。忙碌休闲由我，劳动学习光荣。

山水意趣

去陕南

车离西安去商南，高速绕在峻岭间。
一路隧道穿捷径，两边崇山入云端。
极目碧绿不见地，抬眼蔚蓝是洞天。
痴情秦川八百里，静思人生一千年。

夏游仙山

群山绿绵延，乱石散满涧。
道岖崖壁近，林深鸟鸣远。
谷底水流急，阶上脚步缓。
造化本无意，景由心中添。

金丝峡

水流峡谷涧，鸟鸣林中巅。
伸手两山及，抬头一线天。
拾级觅缓处，径尽路又转。
世上奇瑰景，从来在险远。

游红石峡

云台山巅日影低，
红石峡涧水流急。
闻声抬眼望瀑布，
俯首拾阶寻瑰丽。

游云台山

远离甘肃到河南，工作间隙去休闲。
酷暑相逼衣衫湿，高温已使汗遮颜。
山水献媚迎远客，精彩留在一瞬间。
情趣常同天地在，不负人生三万天。

出差已毕

清晨离郑州，踏上回家路。
高速呈眼前，太阳照身后。
窗外绿正肥，车内容已瘦。
劳劳几十年，漫漫人生路。

学在三伏

为学一门技术，
穿越两个省份。
连来带去四天，
累了一行五人。

夜出开封

汴京繁华今安在？
大宋亭榭与楼台。
遥望黄河东流去，
明月辉映一玉带。

观少林寺

驱车直奔登封，就想看看少林。
古刹梵音千年，嵩山壁立万仞。
游客南来北往，尘劳纷扰凡心。
我想做个和尚，你说行也不行？

思 古

去了开封府，
未见上河图。
街头乱张望，
始知宋已无。

农历八月十七下午去西安

双节过完假未满，忽觉逢节也很难。
人闲天阴更郁闷，临时动意下长安。
祖孙三代忙行头，一家五口备盘缠。
车上高速目未尽，秋风已把层林染。

进西安城

夜入西安城，
万家灯火明。
不见秦汉唐，
只有楼车人。

丙申秋赴南京考察

一日劳顿夜入城，
三更辗转听雨声。
遥想古都千年事，
晨风吹残金陵梦。

镇江见闻

建个初中四亿五，
听后只把舌头吐。
南北差别何其大，
政府有钱百姓福。

从苏州到扬州

寒山寺里钟声起，
文昌阁旁秋雨急。
满目苍翠烟渺渺，
一鼻清香草萋萋。

早春登长城

居庸关外春意浓，
八达岭上雪纷纷。
有心驻足好汉坡，
无凭岂能辨英雄。

教育部 31 期校长研修班

上海学习四十天，华东师大聚群贤。
专家学者议教育，旁征博引抒己见。
全新理论尽分享，超前观念有渊源。
校长转身成学员，内强素质当领班。

三亚抒怀

白浪拍沙滩，
椰风绕岸边。
礁上听涛声，
意中人已远。

早春去兰州

平凉柳色新，
陇山飞雪近。
来去都匆匆，
一路雨兼程。

九一年夏兰州中山桥留影

白塔矗立青山巅，
铁桥横卧黄河心。
韶光梦里惊回首，
原是身旁少一人。

去省城开会

天巉高速如乘风，
依稀望见兰州城。
半日行程一千里，
难忘妻儿话别情。

乌镇抒怀

一河泛清波，两岸接廊桥。
新枝醉烟雨，老屋枕水卧。
漫步思绪飞，乘舟心旌摇。
身在画中游，四顾已忘我。

山东青州中德项目培训

中德项目好，外援惠职教。
几度赴青州，取经又受宝。
上课理论新，考察视野阔。
幸睹状元卷，又闻李清照。

赴福建南平洽谈合作办学

千里赴南平，相约职教人。
黄土塬广袤，武夷山传神。
促膝互长谈，握手议协定。
闽北识雄星①，常忆兄弟情。

【注释】①雄星，指福建南平机电学校蔡雄星校长。

呼伦贝尔草原

碧绿万顷缈无垠，
牛羊点缀如繁星。
风过骄阳红似火，
蒙古包前有云影。

咏西双版纳

草木葱茏花缤纷，蝴蝶斑斓蜂嘤嗡。
野象学校亮绝技，孔雀园里展彩屏。
道旁翠竹亦参天，谷底独木也成林。
榕树常露杀手锏，万物竞秀适者存。

41号界碑

呼伦贝尔水草美，滋养明珠满洲里。
驻足两国毗连处，伸手一瞬触界碑。
咫尺之隔鸡犬闻，天涯相接明泾渭。
边疆万里守有责，不管东南与西北。

满洲里国门前

翘首望国门，
国徽最恢宏。
同是一片天，
身后才温馨。

去欧洲学习

日行八千里，恍若到天际。
两洲横穿越，一路云相随。
阳光掠弦窗，太虚过眼底。
落地顾四处，老外成自己。

凯旋门随想

万古凯旋门，
瞬间拿破仑。
历史二百年，
英雄一微尘。

赴德国参加校长培训班

为取真经涉重洋，职教最是德国强。
校企双方共育人，双元一制①名远扬。
国家重视制造业，社会崇尚大工匠。
学习理论观实践，扪心反思天与壤。

【注释】①双元制，德国首创的一种职业教育培训模式。即学校与企业共同培养
人才。

慕尼黑见闻之一

周末天放白，车至慕尼黑。
店铺全关门，居民都休息。
心中正纳闷，面前见翻译。
法律人性化，莫道失商机。

梦出巴黎

塞纳河清清，
巴黎雨濛濛。
乐极亦思蜀，
我是中国人。

偶遇维纳斯

巨匠巧留白，
爱神失双臂。
遐想永存处，
残缺亦是美。

参观马克思故居

特里尔街旁，三层小楼房。
哲人生于斯，一世怀理想。
驻足凭吊处，思想放光芒。
经典《资本论》，百年永留芳。

去比利时

足球红魔早有闻，忙里偷闲逛欧盟。
尿童雕像昭天下，布鲁塞尔最有名。
二百多天无政府，全国风平浪又静。
街头时有滑板车，老少都是消闲人。

游巴黎圣母院

西堤岛上一教堂，
塞纳河畔钟声响。
百年爱恨情仇事，
美丑都能名远扬。

莫扎特故居前

阿尔卑斯雪皑皑，欧洲风情扑面来。
圆梦入境奥地利，萨尔茨堡北门开。
青砖铺路怀旧色，招揽游客是马车。
街头幽怨提琴声，难留音乐一天才。

埃菲尔铁塔

一塔矗立入云端，百年风雨说变迁。
战神广场人如潮，哪管肤色深与浅。
四海敬仰埃菲尔，五洲观览成美谈。
巴黎盛景收眼底，浪漫之都韵无边。

走进卢浮宫

久仰卢浮宫，艺术一巅峰。
注目镇馆宝，活现人与神。
石雕闻天下，油画堪绝伦。
珍品几十万，浏览亦难穷。

观秦兵马俑

身后车马声，眼前一土坑。

刀剑露寒光，兵将变陶俑。

未闻马啸啸，更无车辚辚。

秦时明月在，帝国威西沉。

过家乡玻璃桥（两首）

（一）

陈户玻璃桥，全长百米多。

钢索凌空起，沟壑穿底过。

人到桥中央，魂飞黄土坡。

欲罢又不能，绝非只恐高。

（二）

一上玻璃桥，两腿成面条。
眼前百米远，脚下千丈遥。
意念随风去，心事如云飘。
止步欲返回，想起泸定桥。

西安钟楼

气势恢宏踞长安，风吹雨淋六百年。
细说明朝那些事，无奈钟声已遥远。
南来北往皆过客，冬去春回成云烟。
欲问何物永不老，钟楼垣壁一青砖。

九二年暑期去庐山 （组诗）

到九江

汉口去九江，轮船破风浪。

浔阳街灯明，码头汽笛响。

千年琵琶亭，世代传绝唱。

天涯沦落人，何以泪沾裳？

上庐山

晨坐中巴上庐山，车身俯仰路盘旋。

古木参天蔽烈日，酷暑逼人惊鸣蝉。

牯岭街旁赏盛景，西林壁前吊先贤。

耳畔仙乐随风至，闻声邂逅庐山恋。

庐山景

含鄱口上瘴气腾，
五老峰巅看劲松。
古寺飞瀑如琴湖，
痴心匡庐仙人洞。

找庐山瀑布

亦峰亦岭尽层峦，
拾级寻觅三叠泉。
此身终为庐山客，
只盼银河落九天。

滑竿人生

两人抬滑竿，往返五十元。

举首目眩晕，弯腰汗遮颜。

抬者气难接，坐者心坦然。

同在世上走，冰火两重天。

清平乐·咏开封

河神舒袖，城阙星光旧。惯看春秋天益寿，龙脉八朝如露。

汴京笙歌梦回，靖康亭榭依稀。荣辱清明图上，绝代瘦金一体。

校园心语

学校食堂封顶

学校食堂今封顶，政府改薄暖我心。
师生就餐二十年，遇雨淋漓八九成。
树人本是千秋业，办学恰逢百废兴。
礼赞戊戌劳动节，成事在天也在人。

西峰凤凰路礼赞

西高东低无遮拦，彩砖铺就一景观。
楸树花开香气近，霓虹灯闪夜色远。
比肩店铺生意隆，独立学校书声喧。
莫道凤凰不展翅，为求重生已涅槃。

暑假前夜

学期转眼将尽，头脑像过电影。
莫问荣辱得失，对坐院中凉亭。
你叹时间真快，我伤岁月无情。
烦恼暂抛身后，两杯清茶共饮。

贺小学毕业

再望地平线，晨阳已冉冉。
昔时懵稚童，今日俊少年。
六载沐甘露，五月花烂漫。
临别道珍重，烛光映笑脸。

北校①工作五年抒怀

秋高天气凉，清晨赶路忙。

鸣蝉虽依旧，落叶却泛黄。

书童如初遇，师长渐沧桑。

恍然整五年，苦乐自品尝。

【注释】①北校，西峰区北街实验学校，建于 1989 年，是一所区属九年一贯制学校。

心 得

回首田园路，

岁月眉间流。

蹉跎三十年，

霜染少年头。

教师节感怀

暮云低垂处，薄凉伴中秋。
从教三十载，青丝变白首。
半生苦与乐，节前味尽有。
笑看庭院里，花香依如故。

参加政协调研会

饥肠辘辘议教育，
只觉肚皮贴脊背。
匹夫忧心天下事，
真情一片付与谁？

考试交卷后

闻声未见人，
疑似鸟归林。
卷帘望窗下，
人海如潮动。

西峰第十八届"园丁杯"篮球邀请赛（组诗）

"园丁杯"篮球赛开幕

晨雾如纱笼校园，同仁毕至聚群贤。
耳畔最是乐鼓声，眼前更有彩旗展。
体操韵律现英姿，武术功夫有渊源。
众人拾柴火焰高，开幕盛况喜空前。

篮球赛场掠影

雾尽出太阳，球场哨声响。
教练铆足劲，队员都擦掌。
刚刚盖了帽，又把篮板抢。
场场友谊赛，人人汗水淌。

球赛后勤服务

雨歇脚底滑，球场抹布擦。
秋风催赛事，忙碌于灯下。
饮水凉热供，桌椅摆到家。
赛场真英雄，幕后无名花。

篮球决赛前夜

鏖战三日似沙场，梦里五更哨声亮。
一时惊坐挑灯看，两眼环顾夜色茫。
惦记四强争霸赛，周六提早把班上。
半生未敢忘拼搏，老夫聊发少年狂。

观篮球决赛

暮霭锁垂柳，晨露挂枝头。
观众心澎湃，球员汗水流。
进攻又防守，招招吸眼球。
哪场最精彩？强强拔头筹。

篮球赛最后一天

一球刚投中，两边喝彩声。
三分又跟进，四节都传神。
五天苦鏖战，六强已分明。
进入决赛季，场场扣人心。

"园丁杯"篮球赛闭幕

鸣金而收兵，渐远雀跃声。
奖杯虽耀眼，诞于汗水中。
胜负本无界，可贵是精神。
举手道珍重，下届再出征。

十八届"园丁杯"篮球赛有感

霜降前日赛事毕，秋风红叶助盛会。
美好时光瞬间逝，精彩永存记忆里。
谁言三尺讲台小，球场却有群英萃。
初心本为惠桑梓，数尽风流育桃李。

北校女篮喜获亚军

喜闻女篮获亚军，
回望赛程心潮涌。
自古人间多少事，
尽心竭力败犹荣。

学校餐厅动工志庆

塔吊矗后院，隔楼两不见。
但闻鞭炮声，始知已放线。
国家政策好，改薄项目赞。
餐厅竣工日，师生俱欢颜。

校园见闻

孩子进学堂，家长接送忙。
未到时间点，门口早张望。
大手牵小手，心里才敞亮。
临别说再见，声嫩情义长。

晚上加班

校园静寂灯影移，桌前托腮眼迷离。
材料撰写到尾声，图片整理一应齐。
加班虽是寻常事，谁愿半夜把家回？
老牛自知夕阳短，不用扬鞭自奋蹄。

参加捐书仪式

捐书仪式真壮观，
书香西峰意境远。
全民崇尚读书日，
儒雅之风遍陇原。

我的大学

黄河岸边柳成荫，雁滩桥头灯火明。
校园始建无亮点，晨诵午读有风景。
师生互助研学术，听完报告写论文。
阅览室有不眠人，夜半窗外听涛声。

去下庄小学参观

乡下小学百十人，
鸟鸣伴奏读书声。
冬青掩映淳朴脸，
黄土哺育成才梦。

上庆阳师专

世代都是老农民，瞬间变成公家人。
一日三餐有饭票，两年进出大学门。
阶梯教室抢座位，图书馆前排成阵。
诵完《诗经》背《离骚》，同伴羡我学中文。

农村学校一景

一校四个娃，念书在乡下。
教育均衡日，差距却拉大。
家长真无奈，教师有何法。
目睹纯真脸，心头五味杂。

清晨上班

车声唤醒犬吠声，四周寂寥望星空。
进城方知路灯亮，街道偶遇清洁工。
早晨六点去上班，身虽孤单气却清。
拎包疾步进校园，但见楼宇已通明。

教育随想（七首）

（一）

百年大计是教育，
传道授业无功利。
圣贤早有经典论，
此可追溯至庠序。

（二）

课堂历来不可轻，
先生本是引路人。
都说名师出高徒，
英才庸才在自身。

（三）

教无定法必守本，
最忌沽名花样新。
读写诵练不可丢，
日积月累是捷径。

（四）

浮躁世风进校门，
一夜梦想成名人。
岂料邯郸学步时，
不循规律害无穷。

（五）

教师是人不是神，
言传身教集大成。
终身好学树典范，
满腹经纶受尊崇。

(六)

育人当是全方位，家校合作须默契。
老师被迫担全责，家长甩手当掌柜。
更有甚者常非难，情感裂缝存记忆。
待到苦果酿成日，晚景惨淡悔莫及。

(七)

弱势日子何时了？位卑未敢忘忧国。
心里常念天下事，肩上总把道义挑。
纵观世上千年事，兴盛之由在重教。
风雨教坛三十秋，哪管得失多与少。

校园新貌

重返校园惊巨变，
疑似仙屏落凡间。
石灵竹翠廊如画，
成事在人不在天。

校园抒怀

一石两松开新序，三季四时见花绿。
五颜六色不是景，七彩校园蕴异趣。
平民教育惠八方，核心素养九年育。
诗性书香数十载，百姓学校寄心语。

散文集出版有感

一年写字十九万，搁笔回眸星满天。
历数半生过往事，化作满纸肺腑言。
寒来暑往思悠悠，物是人非意绵绵。
借得天地三春晖，唤醒园中花烂漫。

听语文课

听课三节兴更浓，小说诗歌并散文。
教师精心巧布局，学生会神忙互动。
声情并茂从容处，尽显台下十年功。
教坛风霜催白发，育得万株桃李红。

听课有感

清早听课学语文，
但见师生都忘情。
静心回溯三十年，
讲台疑似我身影。

同事献血有感

针管殷红神从容，
心房炽热血沸腾。
悬壶济世我无缘，
挽袖伸臂救苍生。

加入生命留痕工作群

应邀进入工作群，也想生命能留痕。

绝少如我忘年交，更多似为同龄人。

早晚偶有一闲暇，老少常聚说学问。

气氛热烈礼有节，未曾谋面赞海宁①。

【注释】①岳海宁，"生命留痕工作室"创办人。

年终加班（两首）

（一）

学期终了一身轻，

又见昨夜灯火明。

寂寞晴空上弦月，

辛劳校园加班人。

（二）

期末已至天愈寒，
年关将近人无闲。
阅卷算分五更灯，
夜深风急三九天。

读书郎

寒星眨眼风凛凛，书包挎肩行匆匆。
深沉夜色多梦乡，空寂街道少身影。
校园五更灯光亮，教室一时暖意融。
窗前黎明脚步过，埋头做个早读人。

调离职专感言

掌了职中①门，求遍天下人。

今日卷铺盖，顿觉一身轻。

教坛三十载，明镜映霜鬓。

来世操旧业，定先去修行。

【注释】①职中，陇东职业中专，笔者曾在此工作二十七年，2012年9月离任。

雄星校长来庆阳

大塬路迢迢，闽山渺无涯。

携手育桃李，合作传佳话。

往事如烟去，友情冬春夏。

和风迎远朋，长天醉晚霞。

三十年校庆抒怀

盛世欣逢而立年，春风桃李庆华诞。

笑对镜前霜染鬓，回看园中花烂漫。

百姓学校连千家，平民教育惠陇原。

几多真情铺心路，一览秋水共长天。

临江仙·初三毕业典礼

六月骄阳如火红，校园垂柳青青。芬芳李桃正怡馨。师生聚首，不忍此别情。

三年忧乐成过往，伴陪苦口婆心。寄托期许胜双亲。频频挥手，再送你一程。

卜算子·学校餐厅封顶

建校二十秋，最是愁吃饭。无奈食堂几露天，理想多遥远。
国策惠万家，改薄①平民赞。锅碗瓢盆配套全，笑脸留桌面。

【注释】①改薄，指国家"全面改善贫困地区义务教育薄弱学校基本办学条件"项目（2014–2018）。

卜算子·歌咏比赛

小麦正飘香，垂柳筛日韵。挥洒青春作百灵，一派欢声动。
艺术唤人才，学校当其重。礼赞师生共放歌，情满红歌阵。

生活百味

冬夜伤怀故友
——怀念张小伟先生

星稀却无月，小年悄然来。
多少无常事，郁结难释怀。
树梢红灯笼，随风自摇曳。
慨叹人生短，最痛是诀别。

年 关

犹记老人言，度月比年难。
少年不更事，心头满期盼。
爆竹早催春，除夕夜不眠。
而今衣食丰，四顾却茫然。

人勤春早

初二到初三，红包从未断。
过了后半夜，群里静一片。
晚睡早起人，顺手就能捡。
金钱与美女，哪个爱懒汉？

初春随想

日影随风过，浮云近却遥。
塬上黄土厚，路边积雪薄。
墙角冬还深，柳梢春已到。
一年又一年，举首天亦老。

陋室不陋

除夕成去年，
节味尚未减。
人无蜜蜂忙，
室有蝴蝶兰。

师生聚会

切切布谷声，元宵又一春。
师生喜相聚，举杯敞怀饮。
追忆往昔事，共话校园情。
吐尽千言语，此时最由衷。

快乐情人节

人非草木谁无情，有情就做有情人。
一知半解过洋节，二月十四受追捧。
鲜花不及雪花美，原来此情非彼情。
只要心中存大爱，何必人云己亦云。

老师生日

初六祝寿三十载，七旬又六师健在。
雪后天霁祥云过，窗外风清瑞气来。
儿孙磕头寿比山，亲朋作揖福如海。
点亮蜡烛默许愿，世上好人永康泰。

妇女节随想（两首）

（一）

惊蛰春气发，冬尽逢三八。
巾帼半边天，红妆一枝花。
柔美醉百卉，刚强旺万家。
世上无女人，男儿何自夸？

（二）

九九未见牛耕畴，
三八又遇龙抬头。
天上明月几圆缺，
人间春景一时留。

又见清明

今逢清明愁绪起，
只见梨花未见雨。
哀思遥寄玉兰白，
悲情渲染柳枝绿。

春尽时分

落英几成趣，
一帘梨花雨。
枝头鸟正喧，
园中春已去。

立夏有感

昨夜雨疏月入霾，落英正与春光别。
百鸟伤情怀旧梦，一绿可堪妆新野。
时序更替寻常事，人生轮回总成缺。
凝神花丛彩蝶舞，回首青丝落满雪。

雨中碎语

一年过半愁几许？
六月更遭连阴雨。
谁言梦中有桃源，
我愿乘风随你去。

六月杂感

李子枝头摇曳，转眼麦黄时节。
回想漫天雪舞，仿佛是在昨夜。
一晃又过半年，四季倏然代谢。
人生白驹过隙，催老原是岁月。

过八月十五

中秋又逢阴雨天，月亮只在心中圆。
儿时家贫无奢望，娘烙月饼我眼馋。
托盘献上核桃枣，唤得银辉满人间。
夜深依稀少年事，月圆人缺泪涟涟。

八月十六月未圆

风雨悲秋深，一夜天更冷。
百花抱香枯，路人裹衣行。
想起炕头热，不忘火炉红。
草木奈其何，冷暖知人情。

丁酉中秋望月不见

今夜霾天不见晴，
闷煞千古望月人；
世事从来似中秋，
半是明月半阴云。

九月知秋

窗外秋风劲，心头往事萦。

樵夫嗟日短，垂翁望云深。

闻香百花园，寻味十样锦。

菊名有万寿，人生难再晨。

过重阳节（五首）

（一）

霜落菊头秋风烈，又逢今岁重阳节。

当年依偎爷爷怀，花白胡子任我拽。

妄想膝下孝爹娘，热泪长流亲不待。

如今含饴又弄孙，慨叹人生似秋月。

（二）

窗外几多黄叶飞，心里一阵惆怅起。
少年不知九月九，为摘秋菊破东篱。
堂前蝶舞花正艳，阶下草衰霜满地。
人生本无常青藤，朝霞夕照驹过隙。

（三）

老人节在重阳日，
暖流回荡心永志。
一览天际风景好，
活到此时已成诗。

（四）

听得雨潇潇，心头空落落。
重阳无太阳，苍天已变老。
人神两隔绝，爹娘音讯杳。
欲报三春晖，劝君还趁早。

（五）

新月悬夜空，
黄叶落灯影。
室内有人喧，
林中无鸟鸣。

晚秋时节归故园

霜降过后艳阳天，
秋叶经寒愈斑斓。
半生风雨心已静，
一身俗尘向故园。

感恩节随想（两首）

（一）

今逢感恩节，内心又纠结。
子欲谢父母，无奈亲不待。
光阴最无情，愧疚难释怀。
常忆跪乳恩，反哺乌安在？

（二）

农历节气已小雪，恰逢洋人感恩节。
祝福妙语塞满屏，冬夜空悬一圆月。
洋节于我礼仪邦，不服水土难嫁接。
祖制古训铭记心，何须沽名过洋节。

冷暖心自知

雪后初霁无云天，拂面清气乾坤间。
藏于深闺是秀女，宅在温室非暖男。
午享太阳夜赏月，春事稼穑冬休闲。
半生最恋是地气，心静未觉三九寒。

雪中杂感

日暮苍凉雪清芬，
树展琼枝竹修静。
闻得犬吠三两声，
顿悟人生七八成。

冬夜感怀

腊月初三三，又见月边边。
墙后树两棵，门前雪一片。
静心思远方，惆怅人生短。
光阴常轮回，不觉已年关。

冬日抒怀

今年初冬如去年，枝头残叶不禁寒。
凭栏倚窗观斜阳，定睛凝神望云天。
往事历历半世纪，行色匆匆几时缓。
回首躬身一盏茶，低眉抚孙两悠然。

立冬有感

立冬之日天虽暖，
枝头叶尽却难掩。
天象亦作回光照，
人生岂能常春天。

年　底

日历无几张，心中生惆怅。
时光催人老，年年一个样。
春花沐朝露，秋叶承晚霜。
昼夜何其短，不忍回首望。

辞旧迎新

莫向去年说再见，
须知今生已无缘。
尘世多是过往客，
绝佳风景在眼前。

就 诊

三秦夏色浓，西京雾蒙蒙。
街上车随车，医院人挤人。
两眼盼大夫，一心述病疼。
谁有灵丹药，惠济我苍生。

寻 医

烟柳绿邈邈，长安路迢迢。
躯病少雅兴，心累多烦恼。
新愁未觉眠，古城已拂晓。
卷帘望窗外，灯光惊宿鸟。

吃 药

手捏处方犯新愁，
都说是药三分毒。
无奈病去如抽丝，
强忍口苦遵医嘱。

西安复诊（三首）

（一）

梦里出远门，乍醒闹铃声。
街上人稀少，路边灯朦胧。
黎明隐东隅，高速连西京。
凡身难长安，如约去问诊。

（二）

高速如乘风，
秦川烟迷蒙。
漫漫寻医路，
遥遥长安城。

（三）

周末风更寒，
雾霾锁长安。
医院人声沸，
未见冬日闲。

做个百姓

夜观星月听天籁，
朝赏花草养情怀。
世上万事易蹉跎，
天下百姓最自在。

安闲安在

周周有周末，天天说天阔。
年头到年尾，没完又没了。
有生未敢怠，无心论多少。
安得一时闲，尽享岁月好。

抢红包

群里抢红包，众人兴致高。
只是比运气，不管钱多少。
手眼不离屏，都说感觉好。
激活一潭水，轻松驱烦恼。

观月全食

晴空硕橙露笑颜，辗转一百五十年。
红月造出别样景，不逊银辉满人间。
天宫秋冬变春夏，人间沧海已桑田。
雪夜凝神望苍穹，情随嫦娥已乔迁。

逛新华书店

书店共三层，转了一早晨。
选了四本书，累煞两个人。
架上书滞销，店里人冷清。
全民玩手机，谁愿做书虫。

布衣境界

暑期到处乱跑，游遍天涯海角。
回来一觉醒来，才知西峰最好。
早晚凉风拂面，哪有炎热煎熬？
吃饭不看菜单，最美辣子夹馍。

多愁善感

南北窗户对开，过道凉风吹来。
倒头躺在沙发，望着顶灯发呆。
回想悠悠半生，蹉跎五十三载。
不觉岁月如歌，难舒豪情满怀。

旅　游

旅游游心情，
凡景本无形。
只要人有趣，
无关阴与晴。

无 题

群里实在沉闷，
写句烂诗问问。
顺便捎个红包，
活跃一下气氛。

放假以后

假期始于今天，顿觉身心舒缓。
事业生计所迫，忙碌整整半年。
近处实在太吵，真想出去转转。
无奈兜里钱少，能否免费组团？

平凡日子

吃饱又愁消化，电梯送到楼下。
满眼全是闲人，云缝一抹晚霞。
这景似曾见过，想起老树画画。
众生大同小异，殊途都通老家。

简易人生

香瓜黏面窝，
花卷稄烙馍。
四季家常味，
半生情未了。

雨后傍晚

雨歇天未放晴，小区灯火通明。
耳旁乐声四起，助阵大妈舞兴。
露水湿了布鞋，信步阶前小径。
找个凉亭坐下，抬头数数星星。

高考成绩公布

高考成绩既出，万人都在瞩目。
今年风调雨顺，好像谁也没输。
到处热烈祝贺，都说一帜独树。
扩招政策真好，眼下让人舒服。

医院随想

人生有啥都行，千万不敢有病。
如果非得要有，一种足以够用。
治这也想看那，累己又费医生。
满眼都是患者，哪个不爱性命？

夜宿西京

劳劳车马刚下鞍，
人未入住猫已眠。
辛苦本是寻常事，
世间万物都一般。

城中散步

饭后天色不晚，沿街溜达一圈。
满眼都是店铺，路旁偶有小摊。
热气迎面袭来，异味有增无减。
躲避车辆人流，想起泥土田园。

释 怀

官大官小常费神，
钱多钱少总伤情。
都是没完没了事，
放下才是逍遥人。

往 事

风华正茂时，处处皆风景。
才情虽未尽，雪已染双鬓。
忽闻少年事，方从梦中醒。
半生苦与乐，浮云幻亦真。

野 花

娇艳却无主，
自赏亦从容。
虽在草间生，
清丽更袭人。

微　信

自从有了微信，人就不甘清静。
爆料吃喝拉撒，晾晒衣食住行。
男人聊天解闷，女士网购成瘾。
到处都兴扫码，从此少见现金。
打字稍嫌麻烦，交流常用语音。
若想找点感觉，偶尔发段视频。
为了表明真实，截图拿来佐证。
简单应付就嗯，礼貌对话说亲。
积赞能见人气，微商苦口婆心。
时久太过沉闷，红包试探最灵。
老少全神贯注，似有无限雅兴。
假如断网一月，世界就会生病。

给同学买药

下午同学有嘱托，晚间我为他买药。
药房满街似商店，患者纷至如涌潮。
医生不用开处方，药品就已塞满包。
何日药架落满尘，黎民便成真舜尧。

闲人日子

案头《人间词话》，杯中安吉白茶。
一切景语皆情语，大师道出真谛。
品读《山乡巨变》，漫步小径田园。
独享黄土与青草，简单就是逍遥。

古都怀古

熟读古诗十九首，始知西北有高楼。
走遍天南海北地，方见高楼到处有。
诗作千年今犹在，楼传万古影却无。
彼楼今已非此楼，十三王朝名空留。

日 子

总觉日子过得慢，说慢也快易亦难。
早年常无食果腹，笑容辉映褴褛衫。
老来已厌鱼和肉，富贵病却无力拦。
寒暑过往几春秋，苦乐从来在心田。

人　情

儿时跟娘去随礼，提早掐指算日期。
问及世上啥热闹，无非就是嫁和娶。
如今碰上红白事，红包派到人未去。
千推万脱总说忙，情债相抵已变味。

古诗新解

晨读《长歌行》而喟，
少壮老大赋新意。
小儿无志不努力，
老爹有心徒伤悲。

学习《诗词格律》有感

《诗词格律》属第一，此版作者是王力。
泰斗阐释深奥事，讲的全是通俗理。
成吉思汗以韵论，《沁园春·雪》位难立。
不讲格律不成诗，太过拘泥便错位。

雨中探友

节前如约探故友，电话那头声依旧。
车轮碾碎两行水，雨刮划成一道弧。
楼上相见眼婆娑，灯下才觉霜染头。
追忆三十年前事，临别不忍看挥手。

大闸蟹

出锅才解绳索缚，
酿成世上最无辜。
谁知人类营养欲，
早已大过阳澄湖。

成语新解

孝子贤孙愈千年，词义一目即了然。
合了传统德与理，从此做了正宗范。
时光轮转几十年，世事公理有新篇。
人人孝子又贤孙，啃老颠倒食物链。

医院写生

大夫神情凝重，护士步履轻盈。
陪员一脸无奈，患者不停呻吟。
唯有亲朋探望，病房才有笑容。
世上有啥都行，人间不敢有病。

东湖公园门前

老远传来唱戏声，
近观松下围成层。
照面多为沧桑脸，
皱纹舒展夕阳红。

街头偶遇

美女街头发传单，彩页封面是陵园。
一见标题心便沉，颇有不悦揉成团。
如今无事不广告，卖药售房培训班。
金钱已使人着魔，哪管忌讳与尊严。

男　人

从容看世界，心中知冷热。
辛劳双肩挑，风雨一手遮。
逢难能进退，遇险会取舍。
重责有担当，大气顾小节。

寻找古诗

九月初三夜，未见如弓月。
万年深秋景，一时薄云遮。
天宫亮如昨，人间却成缺。
暗寻珍珠露，满目黄金叶。

牧羊人

残塬一片峁无垠，沟壑两断涧有声。
手执长鞭放眼量，心闲莫过牧羊人。

羊　群

出行常结伴，只为嘴边餐。
太阳任尔晒，山水抬头见。
吃喝全自助，四季花样变。
少时瞻头羊，逍遥有时限。

看歌舞表演

朋友相邀见，赠票进剧院。
观众黑压压，灯光亮闪闪。
故事说庆阳，剧名绣金匾。
红色是主题，情节扣心弦。
演员都入戏，歌舞掀波澜。
常有精彩处，掌声不间断。
闻声顾四周，偶有异样感。
八零九零后，非嬉即木然。
高潮迭起时，与他全无关。

教育之失败，恶果已尽显。
民族文化魂，悄然几十年。
贻误几代人，责任由谁担？
如今幡然悟，只觉相见晚。
痛定又思痛，我辈不容缓。

老 农

夜望星斗转，日出背朝天。
两头小毛驴，一锅老旱烟。
四季晚来归，三春早盘算。
何惧汗水淋，只求谷囤满。

重阳节贺满月

同事喜得千金孙，
盛情溢出高脚盅。
觥筹交错谁把盏？
自有半夜笑醒人。

怀　旧

倏然几十年，疑是一梦魇。
悠悠年少事，历历在目前。
野菜作佳肴，泥土当玩伴。
过年穿新衣，无非粗布衫。
学校习文化，劳作进田园。
大人教礼仪，举止皆有范。
诚信又知恩，世风谱新篇。
心头乐无尽，忘了饥与寒。
春风嬉舞蝶，秋叶惊鸣蝉。

光阴飞如梭，晨霜落鬓边。
衣食已丰足，老幼都颇烦。
温饱思淫欲，信仰成空谈。
满街低头族，相见两漠然。
金钱逢孔入，无义薄云天。
儒雅何处寻？诗书无人眷。
信用多缺失，感恩益少见。
渴望有识士，同心挽狂澜。
重振民族魂，拨雾见蓝天。

生　日

儿时常盼过生日，娘煮鸡蛋我掐时。
外奶来换长命锁，姨妈做成新鞋试。
无情岁月催寒暑，有心难把光阴拾。
不觉膝下儿孙绕，始见桌上烛泪湿。
窗前满目皑皑雪，心头一片悠悠事。
五十二年嗟蹉跎，明镜白发暮已迟。

晒老照片

晾晒老照片，
思绪回从前。
余生须努力，
莫负两鬓斑。

伤　农

祖辈与土伴，吃喝全靠天。
风吹太阳晒，劳作不间断。
汗滴禾下土，绿色又低碳。
如今机械兴，耕种和打碾。
农药加化肥，杀虫也增产。
污染遍世界，田园成病源。
有心务农人，年老身已倦。
无望新生代，进城把钱赚。
种田没兴趣，稼穑靠敷衍。
闲暇回老家，阡陌荒草蔓。
不觉心头沉，何以致这般？
安逸忘了本，温饱失忧患。

心　静

送走黄昏又拂晓，一年只盼一年好。
半生自觉未敢闲，抬头窥镜人已老。
名利映射众生相，口是心非谁超脱？
拨去浮尘知天命，心无旁骛才逍遥。

吃砂罐串串

储物藤条筐，喝水洋瓷缸。
苦荞当茶叶，锅型用鸳鸯。
雪天吃串菜，荤素交替烫。
万变不离宗，旧味新花样。

田园奇想

五一晴转多云，出城放松心情。
驻足田间地头，空中细雨濛濛。
满眼菜花金黄，耳畔百鸟争鸣。
旅游掏钱受累，美景都在心中。

夜　读

静夜灯阑珊，
斗室人未眠。
常恨学问少，
秉烛攀书山。

自　嘲

半生自恃个头高，露天看戏不踮脚。
无奈早年家境寒，常恨穿衣用布多。
爹娘生就一根筋，最怕点头和哈腰。
忽觉衣衫前襟长，顾影自怜背已驼。

难忘星期五

少时读完鲁滨逊，
老来常忆星期五。
身在山穷水尽处，
相遇野人亦是福。

轮 回

天地一场风，昼夜近混沌，

云彩形犹在，蓝天身已隐。

两树裸枝丫，几辨是银杏。

富贵亦式微，年年秋连冬。

观寒江独钓①石头画有感（两首）

（一）

寒江独钓水静幽，鱼未上钩得石头。

游鱼幸运逃劫难，顽石无辜却得福。

餐桌或缺一道菜，画坛意外双丰收。

妙手自有神来笔，水墨丹青绘风流。

【注释】①寒江独钓，书友段萍红微信名。

（二）

石头本无情，
公鸡①却有魂。
画家收笔时，
引吭催黎明。

【注释】 ①公鸡，寒江独钓的石头画。

2009 年秋去东北看女儿

女儿上学行千里，全家陪送忘疲惫。
大连四季有美景，旅顺初秋风也急。
孩子离家去求学，老人倚门眼噙泪。
离多聚少几春秋，苦辣酸甜成追忆。

岳母逝世一周年祭

人逝万事息，时间扎了堆。
昼夜似叠加，四季如归一。
抱病十六载，驾鹤永无期。
忌日逢冬至，平添几分悲。

逛商场

走进世纪金花，标签尽显天价。
色彩一阵目眩，样式几多奇葩。
浏览厨房用品，疑惑碗比锅大。
导购如数家珍，守旧着实可怕。

清平乐·城居

心劳身倦，污染招人怨。四季轮回无处见，寻梦月光如练。
人稠车堵楼高，蓝天碧水渺渺。夜半无眠辗转，忍听耳畔喧嚣。

卜算子·明白

日月造流年，一世行多远？夕照晨阳永是旧，黄叶阶前转。
苦乐本同根，名利充心涧。世上缘何万事休，葬礼全然断。

清平乐·过年抒怀

除夕渐远，年味还没减。小碟餐桌共大碗，谁处酒缺成宴？

弟兄邻舍亲朋，恰如别久相逢。调侃和着倾诉，奈何岁月逼人。

蝶恋花·妇女节抒怀

柳绿桃红春色灿。又见三八，灵鸟千声啭。梦醒闺阁情浅浅，青梅常嗅两相盼。

似水流年星月换。知性娴淑，慨叹韶华短。巾帼何曾无磨难，而今我把英姿展。

西江月·给老师拜年

春节渐移身后，人七抵至厅前。携妻自驾拜晚年，为了一桩心愿。

小狗一扑三退，唤开农舍门帘。师生笑脸送寒暄，相顾追昔长叹！

我与旧体诗

学写旧诗三十年，早时涂鸦今赋闲。
心头多有痴妄事，纸上不乏荒唐言。
冬去春来业无成，表白言志情依然。
江郎无才才已尽，照猫画虎虎类犬。

跋

我们习惯上说的"古诗",是指与自由诗相对而言的"旧体诗"。从格律上看,旧体诗分为古体诗和今体诗。古体诗又称古诗或古风,近体诗又称今体诗。在唐人看来,从《诗经》到南北朝的庾信,都算是古。因此我们可以认为,凡不受近体诗格律束缚的,都是古体诗。

今人写"古诗",其实更多的是模仿古代诗体写"律诗",即近体诗。由于社会历史背景的不同,我们与古人在生活方式、语言习惯、文化认同等方面都有很多相距甚远的地方,加之学养上的差异,写旧体诗,我们永远无法超越古人。别的不说,单就与之相关的106个诗韵,今天对此能烂熟于心的人已是凤毛麟角。

我之于旧体诗,从生搬硬套,到照猫画虎,再到"自主创新",断断续续三十年,纯粹是一种兴趣,一种爱好。睹物思人,触景生情,应时应景而作。乱吟几句,随后记到纸上的算是幸运,有些只有腹稿,没有形成文字,有些尽管当时写到了纸上,看后顺手就丢在了一边,时过境迁,现在既无从考证,也无法想起了,这或多或少都算得上是一种遗憾。

古人作诗,尤其是近体诗,韵与律是有讲究的。他们写律诗,是严格地依照韵书来押韵的。每篇必须有对仗,对仗的位置也有规定。我写诗,尽量不逾矩,可有时确实会碰到"以韵害意"和"以律损意"的困惑,这时就退而求其次。比如若做不到颔联和颈联都对仗,至少一联对仗。做不到工对,可以做到宽对、借对、流水对。古韵与普通话中的韵母是有差异的，我们就以普通话为准。如王力先生所言："今天我们如果也写律诗，就不必拘泥古人的诗韵。不但首句用邻韵，就是其他的韵脚用邻韵，只要朗诵起来谐和，都是可以的。"他还说："无原则地追求对仗的纤巧，那就是庸俗的作风了。"我写的旧体诗，在自己看来，充其量只达到一知半解的水平。但我始终都在提醒自己，凡动笔，守住格律底线是前提。

毛泽东同志是个大诗人，他一生写过许多旧体诗。可他曾说："诗当然以新诗为主体，旧诗可以写一些，但是不宜在青年中提倡，因为这种体裁束缚思想，又不易学。"我也曾经是青年，而且那个时候就开始写旧体诗了，我的动机很单一，这就是兴趣。直到今天，不忘初心，一写出来，就给别人看。你觉得像律诗就是律诗，你觉得不像律诗，就是比较自由的古体诗，你觉得啥都不像，那就是顺口溜。像啥就是啥，我手写我心。

读诗的人比读小说散文的人要少得多，读旧体诗的人就更少了。写旧体诗，在我们这小地方算得上是个冷门。有时为一个句子想找谁切磋切磋，都不是件容易的事。向书本学习，琢磨专家的有关论述，是我提高自己这方面素养的主要途径。找乐的过程有时也很苦。这个集子即将面世时，我再写八句话，为自己表白：

> 无求心幽静，有趣身闲云。
>
> 悠悠过往事，劳劳当下人。
>
> 韵律半瓶水，诗文一根筋。
>
> 手书胸中意，但求表真情。

作　者

2018 年 12 月